AF358603

BIBLIOTHÈQUE MORALE

DE

LA JEUNESSE

PUBLIÉE

AVEC APPROBATION.

PAUVRE AVEUGLE.

Merci, mes petits enfants, le bon Dieu
vous bénira.

PAUVRE AVEUGLE

PAR C. F.

ROUEN

MEGARD ET Cⁱᵉ, LIBRAIRES-ÉDITEURS

Avis des Éditeurs.

—

Les Éditeurs de la **Bibliothèque morale de la Jeunesse** ont pris tout à fait au sérieux le titre qu'ils ont choisi pour le donner à cette collection de bons livres. Ils regardent comme une obligation rigoureuse de ne rien négliger pour le justifier dans toute sa signification et toute son étendue.

Aucun livre ne sortira de leurs presses pour entrer dans cette collection, qu'il n'ait été au préalable lu et examiné attentivement, non-seulement par les Éditeurs, mais encore par les personnes les plus compétentes et les plus éclairées. Pour cet examen, ils auront recours particulièrement à des Ecclésiastiques. C'est à eux, avant tout, qu'est confié le salut de l'Enfance, et, plus que qui que ce soit, ils sont capables de découvrir ce qui, le moins du monde, pourrait offrir quelque danger dans les publications destinées spécialement à la Jeunesse chrétienne.

Aussi tous les Ouvrages composant la **Bibliothèque morale de la Jeunesse** sont-ils revus et approuvés par un Comité d'Ecclésiastiques nommé à cet effet par Monseigneur l'Archevêque de Rouen. C'est assez dire que les écoles et les familles chrétiennes trouveront dans notre collection toutes les garanties désirables, et que nous ferons tout pour justifier et accroître la confiance dont elle est déjà l'objet.

PAUVRE AVEUGLE.

Connaissez-vous le petit Victor Debray? Vous devez l'avoir rencontré quelque part, lui ou quelqu'autre enfant qui lui ressemble.

Il a près de huit ans; il n'est ni trop grand ni trop petit pour son âge; il n'est pas laid, mais on ne peut pas dire qu'il soit beau; car il a si souvent les cheveux en désordre, le visage taché d'encre ou barbouillé de confitures, les vêtements déchirés et poudreux, qu'on ne songe pas à remarquer ses traits fins et réguliers, ni sa physionomie franche et spirituelle.

Il aime tendrement son père et sa mère, cependant il les afflige sans cesse par son étourderie et sa désobéissance; il est fou de sa petite sœur et il la fait pleurer chaque jour, plutôt dix fois qu'une; il est bon camarade, et il s'attire à tout instant des querelles plus ou moins sérieuses; enfin il a un excellent cœur, et tous ceux qui le connaissent le craignent plus que s'il était méchant.

D'où cela peut-il venir? me demanderez-vous.

Cela vient de ce que Victor aime à se mêler de tout, de ce qu'il touche à tout, de ce qu'il prend plaisir à faire des farces à tout le monde. Je remplirais des volumes, si je voulais vous raconter les ennuis que lui ont valus ses espiégleries, sans même parler des retenues et des pensums qu'il s'est si souvent attirés.

Il cache les livres de ses voisins, il prend un cahier dans un pupitre et le glisse dans un autre, il met du sucre ou de la poussière dans les encriers, il fait des grimaces au maître, lorsque celui-ci a le dos tourné, et il n'est jamais si content que quand il parvient à faire rire aux éclats l'élève qui récite sa leçon. Puis, si cet élève vient à se fâcher de lui devoir une punition, Victor trouve qu'il a un bien mauvais caractère et qu'il n'entend pas la plaisanterie.

Ses tours d'écolier ne sont rien en comparaison de ceux qu'il invente chez son père, et il croit avoir à son service une excuse sans réplique, lorsqu'il dit : C'était pour rire.

C'était pour rire.... Donc les personnes qui ne rient pas ont tort, et quand le papa et la maman grondent, ils ont tort, aussi ils devraient trouver très-amusant tout ce que Victor s'avise de faire, pour les divertir ou pour se divertir lui-même.

Que voulez-vous? Les papas et les mamans sont des gens peu complaisants. Ce n'est pas moi qui le dis, c'est une vieille chanson, que vous connaissez tous et que Victor a répétée bien souvent.

Je crois, au contraire, que son père et sa mère ont été trop complaisants, ou, pour mieux dire, trop indulgents; ils l'ont un peu gâté lorsqu'il était petit; ils ont applaudi à ses espiègleries, qu'ils trouvaient charmantes; et quand ils s'en sont lassés, qu'ils ont voulu les réprimer, Victor, ne pouvant s'expliquer ce changement, a jugé à propos de ne pas les écouter.

Il aurait dû comprendre cependant que les petites malices d'un enfant sont excusables et souvent même amusantes; mais que s'il semble prendre à tâche de les multiplier à mesure qu'il grandit, elles deviennent tellement fatigantes, qu'on ne peut plus les supporter. Il faudrait d'ailleurs avoir plus d'esprit et de jugement qu'on n'en a généralement à cet âge, pour savoir discerner les farces innocentes et agréables de celles qui peuvent devenir préjudiciables et dangereuses. Je vous engage donc, mes petits amis, à ne pas imiter Victor, et pour que vous n'en ayez jamais l'idée il me suffira de vous conter ce qui lui est arrivé dans un petit voyage qu'il a fait récemment.

Le 1er mai dernier, il partit, avec son père et sa sœur, pour aller célébrer en famille la fête de sa bonne maman, qui se nomme Jacqueline, et qui habite une jolie maison de campagne peu éloignée de Paris. On lui avait promis ce voyage comme une récompense, et il l'avait méritée en veillant sur lui-même pendant près de quinze jours. Pendant tout ce temps il avait été studieux, appliqué à ses devoirs, empressé d'obéir et surtout attentif à ne faire de niches à personne. Il est vrai que chaque jour sa bonne mère lui peignait sous les couleurs les plus attrayantes les vacances qu'il pouvait obtenir, et qu'en l'entendant parler des merveilles de Paris, il sentait redoubler son courage et sa bonne volonté.

M. Debray devait passer quelques

semaines à la campagne ; son médecin le lui avait ordonné ; car il
travaillait tant, qu'un peu de repos
lui était absolument nécessaire. Il
n'avait pas songé à emmener Victor ;
mais celui-ci avait fait tant d'instances et de promesses, que le bon
père lui avait enfin répondu :

— Si tu es sage d'ici au 1er mai,
tu viendras avec nous ; mais si
quelqu'un se plaint de toi, tu res-
teras. M. Debray n'était pas fâché
de faire cette épreuve : il se disait
avec raison que si l'espoir d'une
récompense pouvait empêcher son
fils de s'attirer pendant quinze
jours les reproches qu'on lui faisait
si souvent, il ne lui serait pas
impossible de continuer à se mon-
trer docile et raisonnable.

La veille du départ, Mme Debray
fit à Victor ses recommandations.

— Mon enfant, lui dit-elle, tu

as été bien sage pendant les deux semaines qui viennent de s'écouler; mais cela ne suffit pas; il faut l'être encore chez ta bonne grand'-mère. Elle ne t'a pas vu depuis longtemps, elle te croit bien très-aimable et très-bon; car nous ne nous sommes jamais plaints de toi dans les lettres que nous lui écrivions. Fais en sorte qu'elle ne change pas d'opinion sur ton compte et qu'elle puisse te regretter, quand tu la quitteras pour revenir auprès de moi.

— Sois tranquille, maman, je suis sûr de m'en faire aimer; car je l'aime de tout mon cœur, cette bonne grand'mère, qui m'envoie chaque année de si belles étrennes et qui se réjouit tant de voir son petit Victor. D'abord, je lui obéirai comme à toi.

— Ce n'est pas beaucoup dire,

reprit en souriant Mme Debray ; j'espère que tu lui obéiras mieux qu'à moi ; puis tu penseras qu'à son âge on craint le bruit , et l'on tient à n'être pas dérangé dans ses habitudes. Tu ne mettras pas tout sens dessus dessous dans la maison, tu ne toucheras ni aux fleurs ni aux fruits du jardin, tu ne contrarieras pas les domestiques , et tu tâcheras de rendre ta sœur aussi raisonnable que toi.

— Oui, maman, je lui dirai qu'il ne faut pas tourmenter grand'mère ; quand elle fera du tapage, je l'emmènerai dans le jardin, et je l'empêcherai de cueillir des groseilles vertes, qu'elle aime tant.

— Voilà qui est convenu ; je compte sur toi pour lui donner de bons conseils et surtout de bons exemples ; car il ne faut pas oublier que les bons exemples sont la meilleure des exhortations.

— Non, maman, je n'oublierai rien de ce que tu me dis, et tu verras comme papa sera content de moi quand nous reviendrons.

— Écoute, Victor, s'il est réellement content, je te donnerai quelque chose qui te fera le plus grand plaisir.

— Quoi donc, maman?

— Je veux t'en réserver la surprise.

— Si je savais ce que c'est, je suis sûr que je serais plus sage. Dis-le-moi, petite mère, je t'en prie.

— Eh bien! c'est une montre, une jolie montre, qui va très-bien, et que je garde depuis le nouvel an, parce que je ne t'ai pas encore trouvé assez sage pour te la donner.

Victor pria sa mère de la lui faire

voir, puis il lui demanda de la lui prêter pour aller à la campagne ; mais il eut beau promettre de la rendre, si son père ne voulait pas qu'il la conservât, Mme Debray ne se laissa pas gagner ; car elle savait que la récompense aurait plus d'attrait aux yeux de son fils tant qu'il n'en jouirait pas encore.

L'enfant redoubla ses instances au moment de monter en voiture, mais la bonne mère continua de répondre :

— Tu l'auras quand tu reviendras.

Victor fit semblant de bouder un peu ; mais ce vilain défaut ne lui était pas familier, sa gentille physionomie s'éclaircit presque aussitôt, et il dit à Mme Debray, en lui sautant au cou, pour la dixième fois peut-être :

— Il faudra bien que tu me la donnes, car je la gagnerai.

Le voyage fut charmant ; le soleil était si doux , la verdure si belle , les oiseaux chantaient si gaîment dans les arbres en fleurs. Tout était vie et bonheur autour de nos deux enfants ; et rien qu'à les voir, leur père sentait la joie déborder de son cœur.

Victor fit part à Cécile de la promesse qu'il avait reçue de sa mère et de son intention bien arrêtée d'obtenir la belle montre qu'il désirait depuis si longtemps.

— Et moi, dit Cécile, si je suis bien sage, j'aurai une grande poupée, habillée de blanc, avec un beau voile et une couronne comme une communiante.

— J'aime encore mieux une montre, répondit Victor.

— Je le crois bien ; mais moi

j'aime mieux la poupée, parce qu'elle m'amusera plus qu'une montre, à laquelle je n'oserais toucher, de peur de la briser. Maman a bien fait de nous promettre à chacun ce qui nous plaît le plus.

— Elle est si bonne, notre chère maman, que, quand elle ne nous promettrait rien, nous devrions être sages, pour qu'elle voie que nous l'aimons. Aussi, quand j'aurai la montre, cela ne m'empêchera pas de continuer à travailler et à obéir.

— Et moi, est-ce que tu crois que je serai méchante, quand maman m'aura donné ma belle poupée? Oh! non, ce serait bien mal de n'être dociles et bons que pour avoir ce qu'on désire.

M. Debray écoutait Victor et Cécile; il les embrassa tendrement, pour les remercier des sentiments qu'ils exprimaient.

—Agissez comme vous le dites, mes chers enfants, et vous rendrez votre père et votre mère bien heureux.

La grand'maman, prévenue de l'arrivée de la petite famille, l'attendait avec impatience. Elle combla de caresses le frère et la sœur; elle leur trouva l'air doux, bon, aimable et modeste; elle prit plaisir à les faire babiller, et elle fut enchantée de leur esprit comme elle l'avait été de leurs figures et de leurs manières. Les enfants ne furent pas moins charmés de leur bonne maman.

Ils étaient persuadés qu'une grand'mère devait être très-vieille, et ils s'attendaient à voir la leur marcher toute courbée, en s'appuyant sur un bâton, et parler en branlant la tête.

Mme Debray ne ressemblait en

rien à ce portrait. Elle allait avoir soixante ans, mais elle était parfaitement conservée, et ses cheveux blancs, roulés en grosses boucles le long de ses joues, montraient qu'elle n'était plus jeune, mais ils ne la déparaient pas du tout.

Dès que la connaissance fut faite, Victor et Cécile se trouvèrent aussi libres avec elle qu'avec leur mère; et dès le lendemain de leur arrivée, ils se sentirent tellement sûrs d'être gâtés, que leurs bonnes résolutions commencèrent à s'affaiblir. Cécile était douce, tranquille et timide; elle n'avait d'autre défaut que d'être un peu paresseuse; elle passa ses journées à courir dans le jardin ou bien à écouter les histoires de la bonne maman; quant à Victor, son caractère remuant et espiègle reprit bientôt le dessus.

Mme Debray avait un petit chien qu'elle aimait beaucoup ; Victor s'en fit un camarade en partageant avec lui son dessert et en l'emmenant à la promenade. Tom était jeune, et, quoiqu'il fût gourmand, il préférait encore le jeu aux friandises dont sa maîtresse le gratifiait abondamment. Il s'attacha donc à Victor et le suivit partout, sans que Mme Debray songeât à lui reprocher son ingratitude ; mais au bout de quelques jours le chien revint à elle ; il ne voulait plus sortir avec son nouveau maître ; et quand celui-ci l'appelait, Tom se réfugiait sous le fauteuil de sa maîtresse.

— Oh ! le vilain Tom ! disait Victor, il m'aimait tant, et voilà qu'il ne veut plus m'obéir.

— Tu ne lui as pourtant fait aucun mal, n'est-ce pas ? demanda M. Debray.

Non, papa, je ne lui ai jamais fait que du bien. Tu vois comme il en est reconnaissant.

— C'est un caprice, dit Mme Debray; cela se passera.

A la fin de la semaine, on eut l'explication de ce caprice, en voyant entrer Tom marchant sur deux pattes. Il portait une robe blanche, taillée, tant bien que mal, dans un des rideaux brodés de la chambre de Victor, et un bonnet à rubans bleus, trouvé dans la commode de la bonne maman. Victor se tenait près de lui, une baguette à la main, et la faisait siffler aux oreilles de Tom dès que le pauvre chien voulait reprendre l'usage de ses pattes de devant.

Cécile éclata de rire, la grand'-mère en fit autant; la mine de Tom était si comiquement piteuse qu'il eût été difficile de ne pas céder à ce premier mouvement d'hilarité; cependant M. Debray ne rit point.

— Tu oublies ce que tu as promis à ta mère et à moi, dit-il à Victor.

— Non, papa, je n'oublie rien, répondit l'enfant; j'ai habillé Tom pour amuser grand'maman, et je t'assure que je n'ai pas cru mal faire.

— Mais non, mon ami, tu n'as pas mal fait, dit la bonne grand'-mère; il ne peut y avoir de mécontent dans tout ceci que mon pauvre Tom, à qui il a fallu faire faire l'exercice bien des fois pour lui apprendre à marcher comme une demoiselle.

— Il ne s'en souciait pas trop, grand'mère; mais deux ou trois petites corrections l'ont rendu docile, reprit Victor.

— C'est donc pour cela qu'il ne voulait plus aller avec toi, dit Cécile. Il savait ce qui l'attendait.

— Allons, Tom, venez que je vous délivre de ce costume, dont vous ne paraissez pas apprécier la beauté.

A cet appel, le chien s'élança sur les genoux de Mme Debray, et, passant sur sa tête ses pattes de devant, dans un transport de joie impossible à contenir, il mit en lambeaux les dentelles du bonnet.

— Quel dommage! dit Mme Debray, une valenciennes magnifique et toute neuve. Vraiment, Victor, tu aurais bien dû choisir un autre bonnet.

— Mais, grand'maman, j'ai pris celui-là, parce qu'il m'a paru le plus beau, répliqua Victor, qui ne se laissait pas facilement déconcerter.

— Tu n'as pas mal choisi ; mais s'il te prend envie de quelque déguisement, à l'avenir, tu voudras bien me demander conseil. Voilà une dentelle perdue, et une paire de rideaux hors de service. C'est payer un peu trop cher cinq minutes d'amusement.

— C'était pour rire, grand'mère, il ne faut pas te fâcher, dit Victor.

— Je ne me fâche pas, seulement je te prie de ne pas recommencer.

M. Debray parla plus sévèrement encore ; mais quand notre espiègle faisait quelque sottise, il ne s'en tenait pas à la première. La bonne maman attendait ce jour-là plusieurs personnes à dîner ; elle avait recommandé à Marguerite, sa cuisinière, de se tenir prête à servir à six heures ; car il y avait au nombre des invités un vieux médecin qui prétendait que se mettre à table plus tard c'était n'avoir aucun souci de son sommeil ni de sa santé.

— Il est donc toujours le même, ce bon docteur Henri ? demanda M. Debray.

— Toujours, dit la grand'maman. Il est aussi leste, aussi fort, aussi bien portant qu'il y a vingt ans, et peut-être encore plus fidèle à ses habitudes. Il aimerait mieux se passer de manger que de souper à huit heures. Je le raille de ce que j'appelle ses manies, mais je les respecte, parce que c'est un excellent homme et que je me reprocherais de le contrarier.

Victor, assis dans un coin, feuilletait un gros livre d'images, qui paraissait absorber son attention, mais il écoutait sans en avoir l'air.

Il trouva plaisant de forcer le docteur Henry à enfreindre ses habitudes, et Mme Debray ayant engagé son fils à la suivre dans sa chambre, pour examiner avec elle divers papiers, il grimpa sur une chaise, ouvrit le cadran de la pendule et retarda la touche de cinq quarts d'heure. Cécile, qui chiffonnait un bout de ruban, ne s'aperçut pas de ce qu'il faisait, et elle le servit sans le savoir, en le priant d'aller demander à Marguerite de lui mettre un fer au feu.

Victor se chargea volontiers de la commission. Marguerite était au poulailler; il en profita pour retarder la grande horloge de la cuisine, comme la pendule de la salle à manger. De là, il passa au salon, puis il vint reprendre son livre et causa gaîment avec sa sœur.

Quand Mme Debray rentra, elle fut étonnée de voir qu'il n'était encore que quatre heures et demie ; mais elle ne soupçonna pas la moindre fraude, et elle se contenta de dire :

— Il faut que j'aie trouvé le temps bien long, car je croyais qu'il était beaucoup plus tard. Ces vilains papiers d'affaires m'ont toujours tant ennuyée.... Habillez-vous, mes enfants, ajouta-t-elle, nous irons faire une petite promenade.

Cécile prit son chapeau, mais elle achevait d'en nouer les brides quand plusieurs des invités entrèrent dans la cour. Mme Debray trouva qu'ils arrivaient de bien bonne heure ; mais comme c'étaient d'aimables voisins, avec lesquels elle était tout à fait à l'aise, elle leur sut gré de cet empressement.

Le temps était magnifique, elle leur fit faire le tour du jardin et les invita à s'asseoir à l'ombre en attendant le dîner.

— Nous n'attendrons pas long-temps, dit un des convives; car voici le docteur Henri.

— Bonjour, docteur, dit Mme De-ray, en allant au-devant de lui. Quelle bonne fortune de vous voir arriver sitôt! Il n'y a donc plus de malades dans le pays, que vous avez une heure de grâce à nous donner?

— Que dites-vous donc, chère madame? Je cours depuis la sortie du bois, je me croyais en retard. Mais non, ajouta-t-il en regardant sa montre, il est six heures moins cinq minutes.

— Vous vous trompez, docteur, il n'est pas encore cinq heures.

— Pardon, ma mère, dit M. De-ray, six heures vont sonner.

— En ce cas, nous sommes servis. Messieurs, prenez la peine d'entrer, dit Mme Debray.

Victor courut ouvrir la porte de la salle à manger. Le docteur fit une grimace de désappointement, le couvert n'était pas mis.

— Vous êtes en retard, ma fille, dit Mme Debray à Marguerite, qu'elle avait appelée d'un coup de sonnette.

— Mais, madame, il n'est pas cinq heures, répondit Marguerite, en montrant la pendule.

— Que vous disais-je, docteur ? reprit la bonne maman.

— La pendule est arrêtée sans doute, dit M. Debray.

— Oh ! non, monsieur, l'horloge de ma cuisine marque la même heure.

— Il n'est que cinq heures aussi dans le salon, dit Victor, en feignant d'y aller voir. C'est la montre de M. Henri qui avance.

— Ne serait-ce pas plutôt quelque malin garçon qui aurait eu la belle idée de retarder les pendules de la maison ? demanda M. Debray en regardant sévèrement son fils.

Victor rougit sous ce regard ; mais il ne songea pas à mentir.

— Papa, dit-il, je voulais faire voir au docteur Henri qu'on peut souper à sept heures et demie sans être malade.

— Pensez-vous, docteur, reprit M. Debray, que cet enfant puisse sans danger aller se coucher sans souper ?

Le docteur était trop bon pour vouloir que Victor fût puni, mais les autres invités joignirent vainement leurs instances aux siennes. M. Debray fit donner à son fils un morceau de pain et l'envoya dans sa chambre, d'où il put entendre rire et causer les convives jusqu'à dix heures du soir.

Il pleura un peu et fit beaucoup de réflexions. Il craignait surtout que son père ne refusât de l'emmener à Paris, où l'on devait aller passer la journée du lendemain. M. Debray y avait pensé; mais la bonne maman dit qu'il ne fallait pas être si sévère, et elle obtint la grâce de Victor.

Notre espiègle promit, cette fois encore, de ne plus s'attirer ni reproches ni punitions; et pendant toute la journée, il se montra plein de soumission et d'égards pour sa grand'mère, de douceur et de complaisance pour Cécile. Il est vrai que tant de choses captivèrent tour à tour son attention, qu'il n'eut pas le temps de penser à quoi que ce fût.

Le reste de la semaine se passa tout aussi bien, et le dimanche la famille retourna à Paris sans que M. Debray songeât à priver son fils de ce plaisir.

Victor avait encore huit jours à passer chez sa bonne maman ; pour l'engager à continuer d'être raisonnable, M. Debray lui avait promis d'oublier le passé, et de ne pas empêcher sa mère de lui donner la montre dont il parlait sans cesse. Huit jours de sagesse, c'était bien peu, et Victor était sûr d'obtenir la récompense promise ; mais le temps changea dans la nuit du dimanche au lundi, et il fallut renoncer à sortir.

Cécile s'en consola facilement ; sa grand'mère lui donna les beaux rideaux dans lesquels son frère s'était avisé de couper une robe pour Tom ; elle en fit des jupons, des bonnets et un mantelet à sa

poupée, ce qui l'amusa tout autant que de courir; mais Victor,
qui ne savait pas coudre, s'ennuya
beaucoup. Mme Debray lui donna
des livres; il les trouva trop sérieux, et il les ferma presque aussitôt.

— Si j'avais seulement ma boîte
de couleurs, dit-il, je peindrais
des maisonnettes et des bons-
hommes.

— Qu'à cela ne tienne, répondit
la grand'mère; ton cousin en a
laissé une ici l'année dernière, je
vais te la chercher.

Victor peignit pendant plus d'une
heure, c'est-à-dire qu'il barbouilla
de rouge, de vert et de jaune, les
gravures du *Journal des Enfants*,
dont on lui avait permis de dispo-
ser; puis, cette occupation lui pa-
raissant monotone, il prit un écran,
placé près de la cheminée, sur

lequel était peinte une ronde vil-
lageoise, qui passait pour un petit
chef-d'œuvre.

— Grand'maman sera bien étonnée, pensa-t-il, quand elle verra ses
bergères en crinoline et ses ber-
gers fumant la pipe. Cela fera rire
tout le monde, à commencer par
elle.

Vite il se met à l'ouvrage, en
riant lui-même des changements
qui s'accomplissent sous son pin-
ceau. Puis, après avoir mis tous
ces paysans à la mode, il replace
l'écran et vient s'asseoir près de sa
sœur.

—Il fait froid ce soir, bonne maman, dit-il, ne le trouvez-vous pas
comme moi ?

— En effet, répondit Mme Debray,
la pluie a rafraîchi le temps ; il faut
prier Marguerite de nous allumer
du feu.

C'était ce que voulait Victor ; il savait que sa grand'mère n'osait s'approcher de la cheminée sans se servir de son écran, parce que le sang se portait violemment à sa tête, et il lui tardait de savoir ce qu'elle allait dire. Peut-être ne se fût-elle pas aperçue de ce qu'avait fait l'étourdi ; mais Cécile, qui aimait beaucoup à voir ces jolies petites bergères, jeta un cri en les regardant.

— Qu'y a-t-il donc ? demanda Mme Debray.

— Ah ! bonne maman, des pipes et des crinolines ; ah ! que c'est laid ! quel affreux barbouillage !

— Comment ! Victor, tu as gâté mon bel écran ? s'écria la grand'-mère. Oh ! c'est impardonnable ; et si j'étais ton père, je ne sais vraiment ce que je te ferais.

— Ne lui dis rien, grand'maman ;

ne dis rien à papa, je t'en supplie. Je ne croyais pas mal faire, je t'assure. C'était pour rire ; mais je te demande pardon, bonne maman, dit Victor, comprenant à l'air et au ton de Mme Debray qu'elle était très-sérieusement fâchée contre lui.

— Je lui montrerai ceci, répondit la grand'mère.

Mais M. Debray ne devait rentrer que fort tard ; et quand il revint, la bonne maman s'était laissée fléchir par les prières de Victor et de Cécile. Elle envoya le lendemain l'écran chez un bon peintre ; mais celui-ci, malgré tout son talent, ne put le réparer qu'imparfaitement.

La pluie dura trois jours ; mais Victor n'osa plus se plaindre de son ennui, ni toucher à rien de ce qui ne lui appartenait pas ; il craignait trop que son père n'apprît l'histoire de l'écran. Il lut un gros volume d'histoires, qui ne lui parurent pas toutes très-amusantes; il coloria des soldats, il fit des découpures de papier, ce qui ne l'empêcha pas d'attacher à la patte de Tom les pelotons de fil de sa sœur et de tirer par trois fois les aiguilles d'un tricot qu'elle venait de commencer.

Enfin le soleil reparut, plus beau que jamais; les arbres se séchèrent, les fleurs s'épanouirent; et pour comble de bonheur, le cousin, qui avait laissé chez Mme Debray sa boîte de couleurs, vint passer avec Victor un congé que lui avaient mérité sa sagesse et son application.

Les deux petits garçons ne s'étaient jamais vus; mais entre enfants, la connaissance est bientôt faite : Victor et Remi étaient au bout d'une heure aussi bons amis que s'ils eussent été élevés comme deux frères. Remi était très-doux, très-docile ; mais il aimait à rire et à jouer au moins autant que Victor ; aussi que de bonnes parties dans le jardin, que de courses à travers la campagne ! A peine rentraient-ils aux heures des repas, tant les minutes leur semblaient précieuses.

Mme Debray était tranquille, car elle avait fait ses recommandations à Remi et elle savait qu'on pouvait compter sur lui. M. Debray, occupé de ses affaires, était heureux de savoir Victor en compagnie d'un enfant raisonnable, et Cécile se réjouissait d'être débarrassée de son frère, qui mettait à chaque instant sa patience à l'épreuve.

Un jour que les deux cousins

sortaient ensemble par le jardin et se dirigeaient vers un petit bois, d'où ils comptaient rapporter des violettes à leur grand'mère, ils aperçurent, assis sur le revers du fossé qui bordait la route, un homme misérablement vêtu. Une besace vide et un bâton étaient posés près de lui ; un petit chien se tenait à ses pieds, le cou tendu et la langue pendante.

— C'est un mendiant, dit Remi ; quel dommage que nous n'ayons rien à lui donner !

— J'avais des sous dans ma blouse d'hier, ajouta Victor ; mais dans celle-ci je ne trouve que des billes.

— Ayez pitié d'un pauvre aveugle ! dit l'homme en entendant de loin la voix des deux enfants.

— C'est un aveugle, je suis encore plus fâché de ne rien avoir à lui donner, dit Remi, en fouillant de nouveau dans ses poches. On doit être si malheureux de ne plus voir ni le soleil, ni la verdure, ni les fleurs !

— Ni ses parents, ni ses amis, reprit Victor. Oh ! je plains les aveugles du fond de mon cœur, surtout depuis que j'en ai vu un qui n'était guère plus âgé que moi.

— Si nous retournions jusqu'à la maison demander à grand'maman quelque argent pour ce pauvre homme ?

— Il pourrait bien n'être plus là quand nous reviendrions.

— C'est vrai ; pourtant j'ai bien du chagrin de ne pouvoir lui faire l'aumône.

— Si nous lui donnions notre goûter ? dit Victor.

— Oh ! la bonne idée ! Nous avons un gros morceau de gâteau, et je suis bien sûr qu'il n'en mange pas souvent. Il sera bien content, ce bon vieux. Donne-moi le panier, Victor; je courrai lui porter ta part et la mienne.

— Je vais avec toi. Cela ne nous détournera pas beaucoup de passer devant lui plutôt que de prendre ce petit sentier.

— Ayez pitié d'un pauvre aveugle, s'il vous plaît! reprit la voix cassée du mendiant.

— Nous voici, nous voici! s'écria Remi. Nous n'avons pas d'argent du tout, mais nous avons du gâteau pour notre goûter et nous vous l'offrons bien volontiers.

— Du gâteau! Fidèle...., dit l'aveugle en souriant. Quelle bonne aubaine, mon brave chien!

En même temps l'aveugle tendait son chapeau.

— Quelle belle assiette! dit tout bas Victor à son cousin.

Remi posa un doigt sur ses lèvres pour lui recommander le silence, et, au lieu de poser le gâteau dans cette assiette, qui vraiment était bien sale, il le mit à la main du vieillard.

— Tenez, dit Victor, en jetant deux beaux cailloux arrondis dans le chapeau que l'aveugle tenait toujours; voici des œufs durs, vous pourrez vous régaler, si vous les aimez. Voici encore des noix et des noisettes; amusez-vous à les casser, mon brave homme.

— Merci, mes petits amis, s'écria l'aveugle; vous êtes des enfants charitables, le bon Dieu vous bénira.

— Allons-nous-en, Victor, dit Remi, qui voyait avec peine son cousin se moquer du pauvre mendiant.

— Oui, mes beaux enfants, allez,

et que le bon Dieu vous protége! Qu'il vous traite comme vous me traitez, et qu'il vous rende encore plus de bien que vous ne m'en faites.

L'aveugle joignit les mains en prononçant cette prière; puis il s'assit, et, comme il avait faim, il fit la part de Fidèle et se mit à manger.

— Pourquoi donc lui as-tu donné des cailloux? demanda Remi à son cousin, dès qu'ils se furent assez éloignés, en courant, pour que l'aveugle ne les entendît pas.

— C'était pour rire un peu, dit Victor. Il n'y a pas de mal à cela.

— Oh! si, je t'assure qu'il y a du mal. Ce pauvre homme verra que tu as voulu te moquer de ce qu'il est aveugle, et cela lui fera de la peine. Il ne faut jamais se moquer de personne, encore moins de ceux qui sont malheureux.

— Voilà que tu dis tout à fait comme maman. Mais si l'on ne faisait de niches à personne, on ne s'amuserait jamais. D'ailleurs, je suis bien sûr que l'aveugle ne se fâchera pas, quand il trouvera des cailloux à la place des noix, des noisettes et des œufs durs que je lui ai promis. Il rira plutôt de se voir si bien attrapé.

— Je n'en sais rien, dit Remi; mais je ne voudrais pas tromper un aveugle; et si je lui avais jeté des cailloux, je serais bien triste; car il a demandé au bon Dieu, dans sa prière, de nous traiter comme nous l'avons traité. Tu as bien entendu, n'est-ce pas?

— Oui, et cela m'a contrarié; mais quand j'aurais encore défoncé

son chapeau en lui jetant des cailloux, je ne lui aurais pas fait grand
tort.

— Si tu voulais, nous irions lui
dire que tu es fâché de ce que tu
as fait, mais que ce n'était qu'une
plaisanterie.

--- Bah ! il le pensera bien ; et
s'il ne le pense pas, tant pis pour
lui ; cela prouvera qu'il n'a pas un
bon caractère.

Remi ne jugea pas à propos d'en
dire davantage et Victor doubla le
pas en sifflottant. Mais malgré son
apparente tranquillité, il n'était
pas gai ; il ne pouvait rire et babiller comme à l'ordinaire. Arrivé
au bois, il se plaignit de la cha-
leur et de la soif ; il trouva que
les violettes étaient fanées et sans
parfum ; il jeta celles qu'il avait
cueillies et il pressa Remi de retourner à la maison.

Il craignait de rencontrer l'aveugle ; mais à peine eut-il franchi la grille du jardin, qu'il l'aperçut, assis sur les degrés du perron. Il voulait s'enfuir ; mais il pensa que Remi le prendrait pour un poltron, et il continua d'avancer.

Mme Debray causait avec l'aveugle.

— Ah ! ma bonne dame, disait celui-ci, que je vous plaindrais, si vous étiez la mère d'un si méchant enfant ! Il lui arrivera malheur, c'est certain ; car, sans mauvaise intention, je vous l'assure, j'ai prié le bon Dieu de le traiter comme il m'a traité. Jeter des pierres à un pauvre aveugle, en ayant l'air de lui faire l'aumône !... Voilà bien des années que je mendie, et jamais il ne m'est arrivé pareille chose.

— Les enfants sont étourdis,

père Henrion, répondit Mme Debray, ils ne comprennent pas toujours la malice de ce qu'ils font.

— Cela peut être, ma chère dame ; et quand ils auraient plus de raison qu'ils n'en ont, il faudrait encore leur pardonner. Aussi je pardonne à celui-là ; mais j'ai grand'peur que le bon Dieu ne le punisse.

— Viens dans le jardin, dit Victor à Remi ; si nous rentrions, bonne maman nous parlerait, et l'aveugle reconnaîtrait ma voix.

Remi suivit son cousin ; mais quand ils furent assis sous les lilas, il lui dit :

— Tu devrais guetter la sortie de ce pauvre homme et aller lui dire que tu es fâché de lui avoir fait de la peine.

— Laisse-moi donc tranquille, répondit Victor. Vous m'ennuyez, toi et ton aveugle.

Mais il était contrarié dans le fond du cœur, et il éprouvait le besoin de faire quelque chose pour se distraire un peu.

— Si nous hochions les arbres? reprit-il, après quelques instants de silence ; il doit encore y avoir des hannetons.

— Il n'y en a plus du tout, dit Remi, j'ai secoué ce matin tous les arbustes sans en trouver un. Il y en a peut-être encore sur les gros arbres ; mais grand'maman ne veut pas que nous y montions.

— Grand'maman ne sait pas que nous apprenons la gymnastique. Quant à moi, je ne crains pas de tomber.

— Ni moi non plus ; mais je n'aime pas à désobéir.

— Toi, tu es trop raisonnable pour ton âge ; cela s'appelle être nigaud, dit Victor, en grimpant sur un énorme cerisier, dont il se mit à secouer les branches.

Il en tomba une grêle de hannetons. Remi l'aida à les ramasser. Ils cueillirent de l'herbe, dont ils tapissèrent le fond d'une boîte, et ils y enfermèrent leurs prisonniers.

Cécile, qui avait travaillé toute la journée près de sa bonne maman, venait de descendre au jardin ; elle s'approcha des deux petits garçons pour jouer avec eux.

— Si tu étais bien gentille, lui dit Victor, tu irais chercher du fil et tu en mettrais à la patte des hannetons que je veux faire voler.

— En faut-il apporter pour toi, Remi ? demanda Cécile.

— Si tu veux, petite cousine.

Cécile revint bientôt ; elle fit un nœud, qu'elle eut soin de ne pas trop serrer, de peur de couper la patte du pauvre patient.

— Prends-en un, dit Victor, tu le feras voler, cela t'amusera.

— Non, répondit-elle, il pourrait se poser sur ma main, sur ma figure ou sur mon cou, et je frissonne rien que d'y penser.

— Tu as peur d'un hanneton? s'écria son frère.

— Eh bien! oui, j'en ai peur, et c'est pour ne pas te refuser que je me suis décidée tout à l'heure à les toucher. Quand je les sens courir sur moi avec leurs pattes crochues, je ne puis dire ce que j'éprouve.

— Quel enfantillage! Prends-en un, laisse-le grimper sur ton bras, et tu n'y penseras plus. Tiens, celui-ci, veux-tu?

— Oh! non, s'écria Cécile en se sauvant.

Victor voulait la poursuivre, Remi l'en empêcha.

— Elle est trop bonne et trop complaisante pour que tu la contraries, dit-il.

— Mais c'est pour son bien, répliqua Victor. A-t-on jamais vu une petite fille assez sotte pour avoir peur des hannetons ?

Cécile avait rejoint sa bonne maman, Victor s'abstint d'aller la tourmenter; mais quand le dîner sonna, il eut soin d'emporter sa boîte dans sa poche.

A neuf heures, Mme Debray embrassa les deux petits garçons, et pendant que la bonne préparait leur lit, elle alla déshabiller Cécile. Au bout de dix minutes elle rentra au salon, où l'attendaient quelques amis. Chaque soir elle faisait avec eux une partie de piquet, après le coucher des enfants. Elle venait de distribuer les cartes, quand des cris affreux se firent entendre.

Tout le monde se leva. M. Debray, croyant que le feu était à la maison, s'élança sur l'escalier qui conduisait à la chambre de Victor; mais par l'autre porte, Cécile, folle de terreur, arrivait en chemise, et les cheveux épars.

— Mon Dieu! mon Dieu! criait-elle, en élevant au-dessus de sa tête ses bras crispés, mon Dien! ah! mon Dieu!

— Qu'y a-t-il donc, mon enfant? demanda Mme Debray en la prenant sur ses genoux et en la couvrant de baisers.

Cécile éclata en sanglots, et une violente attaque de nerfs secoua ses membres délicats. On courut chez le médecin, qui s'empressa de venir et déclara qu'une violente frayeur avait déterminé cette crise. Il ordonna de reporter Cécile dans son lit, dès qu'il la vit un peu plus calme ; mais en entendant cet ordre, la petite fille fut prise d'un nouvel accès.

— Je resterai près de toi, ma chérie, lui dit sa grand'mère, croyant qu'elle avait été le jouet de quelque vaine imagination et qu'elle craignait de se retrouver seule dans les ténèbres.

— Allons voir s'il y a réellement dans sa chambre quelque chose dont elle ait pu réellement s'épouvanter, dit le docteur.

Il prit la bougie des mains de la bonne, et inspecta lui-même tous les coins de la chambrette. Il allait se retirer quand il aperçut deux hannetons grimpant aux rideaux du lit. Il souleva la couverture et ne put retenir un cri de surprise : plus de vingt de ces animaux se promenaient sur les draps, et plusieurs s'envolèrent en bourdonnant à ses oreilles.

—Qui a pu faire cela? demanda-t-il à M. Debray, qui l'avait suivi.

— C'est moi, papa, dit Victor, en se jetant aux genoux de son père. Pardonne-moi, je t'en prie. Je voulais faire peur à Cécile, mais je ne voulais pas la rendre malade.

— Malheureux enfant! reprit le docteur, vous pouviez la tuer, et je crains qu'elle ne se ressente longtemps d'une pareille secousse.

— Oh! ne dites pas cela, monsieur, je vous en supplie! s'écria Victor en pleurant, ne dites pas que ma petite Cécile sera malade par ma faute. Mon Dieu! quel malheur! quel malheur! Ah! papa, si Cécile meurt, je mourrai, bien sûr.

La douleur de Victor était si vraie, que M. Debray en eut pitié.

— Je te pardonnerai, quand tu seras corrigé, lui dit-il.

— Ah! monsieur, guérissez Cécile, reprit Victor en baisant les mains du docteur; guérissez-la bien vite, et je vous donnerai tout mon argent et tous mes jouets.

— C'est un étourdi, mais il a bon cœur, dit le médecin. Il faut prier Dieu, mon ami, ajouta-t-il, pour qu'il m'aide à guérir votre sœur. Si vous le priez bien, il vous écoutera.

— Non, non, répondit Victor, frappé soudain d'un pénible souvenir. C'est le pauvre aveugle qu'il écoutera. Ah! Remi, l'aveugle avait bien dit qu'il m'arriverait malheur.

Mme Debray entrait, portant dans ses bras la petite Cécile, qui paraissait assoupie. Elle entendit Victor.

— Comment! dit-elle, c'est toi qui t'es moqué de ce pauvre homme!

— Je ne sais de quoi vous voulez parler, ma mère, répondit M. Debray ; mais si Victor ne se corrige pas, il nous fera tous mourir de chagrin.

— Donnez une autre chambre à cette enfant, madame, dit le docteur, et ne la quittez pas de toute la nuit. Je reviendrai demain matin.

Victor demanda avec tant d'instances la permission de rester près de sa sœur, que Mme Debray la lui accorda. Il se mit à genoux dans un coin et pria de tout son cœur ; puis il vint s'asseoir près du lit sur lequel Cécile reposait. Elle était très-pâle et de temps en temps elle tressaillait brusquement.

Vers minuit, elle eut encore une crise. Victor s'était endormi de fatigue, il se réveilla en l'entendant crier, et il voulut approcher d'elle ; mais Cécile le reconnut et le repoussa. Il se cacha derrière les rideaux et pleura en silence, jusqu'à ce que sa grand'mère le rappelât.

Elle n'était pas bien sévère la bonne grand'mère ; elle aimait Cécile, mais elle aimait aussi Victor, malgré ses défauts. Elle le fit asseoir devant elle sur un tabouret, et, lui appuyant la tête sur ses genoux, elle lui parla longuement et doucement de ce qu'il devait faire pour réparer ses torts, et pour donner à l'avenir autant de satisfaction à ses parents qu'il leur avait causé d'inquiétudes et d'ennuis.

Victor levait par instants les yeux sur Cécile, et, en la voyant pâle comme une morte, il se sentait si coupable, que l'indulgence de Mme Debray lui faisait mal.

— Gronde-moi, bonne maman, punis-moi, chasse-moi, lui dit-il, j'aime mieux cela que de t'entendre m'appeler ton petit Victor. Je ne suis qu'un méchant, qu'un mauvais frère, je ne mérite plus que tu m'aimes.

— Cependant je t'aime encore, reprit la grand'mère, parce que je vois que tu regrettes ce que tu as fait, et que je suis sûre qu'il ne t'arrivera plus jamais rien de pareil.

— Oh! jamais, bonne maman, je te le promets.

Quand le docteur revint, il trouva Victor presque aussi malade que Cécile; mais quand il dit que Cécile allait bien, qu'elle ne se ressentirait pas de cet accident, la joie guérit le petit garçon. Il courut chercher Remi, qui se promenait tout seul dans le jardin.

— Je sais où demeure le pauvre aveugle, lui dit-il, veux-tu venir avec moi chez lui? Marguerite me donnera des œufs durs, des noix et des noisettes.

— Allons, répondit Remi.

Ils traversèrent ensemble tout le village, puis ils suivirent un sentier aboutissant à une chétive cabane, sur le seuil de laquelle l'aveugle se chauffait au soleil.

— Monsieur Henrion, lui dit Victor en tremblant un peu, c'est moi qui ai jeté hier des pierres dans votre chapeau. Ce n'était pas pour vous faire de la peine, c'était pour m'amuser; mais je ne veux plus m'amuser à contrarier personne, et je viens vous prier de me pardonner.

— Vous vous moquez encore de moi, répondit le pauvre homme; cela n'est pas bien, mon enfant.

— Oh! non, monsieur Henrion, je ne me moque pas de vous, allez.... Je n'ai pas le cœur assez gai pour cela ; car ma petite sœur a manqué de mourir cette nuit par ma faute.

— Non, monsieur Henrion, ajouta Remi, Victor ne se moque pas, soyez-en sûr ; car il a eu bien du chagrin depuis hier, et il vient vous demander de prier le bon Dieu pour qu'il ne lui arrive plus malheur.

— Ah ! je reconnais votre voix, mon cher enfant, dit l'aveugle. Vous êtes bon, vous, et vous ne voudriez pas me tromper. C'est vous qui m'avez donné votre goûter.

— Mais le gâteau appartenait à Victor comme à moi, et c'est lui qui m'avait dit de vous le donner, n'est-ce pas, Victor?

— Oui, et voici des œufs durs, des noix et des noisettes, père Henrion, dit timidement Victor.

L'aveugle fit un geste de refus.

— Oh! prenez, dit Victor. Vous disiez hier à grand'maman qu'il faut pardonner aux enfants, pourquoi donc ne voulez-vous pas me pardonner ?

— Vous valez mieux que je ne le croyais, dit le mendiant. J'accepte votre aumône et je prie le bon Dieu de vous la rendre.

— Demandez-lui aussi que je devienne sage, afin que mes parents soient heureux.

— Mon Dieu, reprit le vieillard, si vous écoutez la prière du pauvre aveugle, vous bénirez cet enfant....

Victor s'en retourna le cœur plus léger. Près de la maison, il rencontra Cécile, qui venait au-devant de lui, avec sa bonne maman.

— Je ne suis plus malade, Victor, lui dit-elle, et je ne veux plus que tu pleures. Embrasse-moi pour faire la paix,

Il n'y a pas encore longtemps que Victor a quitté la campagne pour retourner auprès de sa mère; mais comme depuis ce moment il a été très-raisonnable et n'a fait de niches à personne, j'espère qu'il est corrigé. Il le croit aussi et il attribue cet heureux changement à la prière du pauvre aveugle.

FIN.

Rouen. — Imp. MÉGARD et Cie.

www.ingramcontent.com/pod-product-compliance
Lightning Source LLC
LaVergne TN
LVHW022330170726
843503LV00006B/2801